中文大作戰
成語篇

商務印書館

中文大作戰──成語篇

主　　編：商務編輯部

責任編輯：洪子平

封面設計：楊愛文

出　　版：商務印書館 (香港) 有限公司
　　　　　香港筲箕灣耀興道 3 號東滙廣場 8 樓
　　　　　http://www.commercialpress.com.hk

發　　行：香港聯合書刊物流有限公司
　　　　　香港新界大埔汀麗路 36 號中華商務印刷大廈 3 字樓

印　　刷：中華商務彩色印刷有限公司
　　　　　香港新界大埔汀麗路 36 號中華商務印刷大廈 14 字樓

版　　次：2017 年 3 月第 1 版第 2 次印刷
　　　　　© 2015 商務印書館 (香港) 有限公司

ISBN 978 962 07 0370 6
Printed in Hong Kong

目錄

人物介紹

小宇

年齡：10 歲

身份：小學生

性格：活潑好動，勤奮好學

興趣：閱讀、運動

任務：接受考查成語運用能力的挑戰，攻克各個成語關卡！

成語錯別字

成語在中國很久以前就出現了。成語的特點就是用字少，短短四個字包含了十分豐富的內容。

在眾多成語當中，你有沒有注意到，很多都與中國古代歷史故事有關。如果我們不認識這些歷史故事，不一定能明白成語要說明的道理，我們就很容易把成語寫錯了，用錯了。很多時候，一字之差，意思全弄反了，讓人哭笑不得呢！

在下面的 1-5 關，小宇的任務是辨別成語用字的正誤。請擦亮你的眼睛，與小宇一起攻克「成語錯別字關」！

過關斬將

選擇適當的字填入方格內，使成語完整：

材　才
1. 因 [　] 施教

杆　竿
2. 百尺 [　] 頭

份　分
3. 安 [　] 守己

黯　暗
4. [　] 然神傷

哎　唉
5. [　] 聲歎氣

川　穿
6. [　] 流不息

材　裁
7. 別出心 [　]

再　載　　再　載
8. [　] 歌 [　] 舞

事　是
9. 無 [　] 生非

事　是
10. 物 [　] 人非

競爭上位

　　有一天，嘴巴、鼻子、眼睛趁着主人午睡，開始閒聊，聊着聊着就吵了起來。

　　嘴巴憤憤地對鼻子說：「你憑甚麼在我上面！髒東西還流到我這裏來！」鼻子動了一下，對眼睛說：「你憑甚麼在我上面！憑甚麼看不起我！」眼睛眨了一下，說：「我自己也被上面的眉毛壓着呀！」

　　眉毛不慌不忙地說：「你們真是無事生非啊！誰喜歡我這個位置，我就讓給誰，只是換位置後，我們主人的臉該往哪裏放呢？」

動物學校

　　大象在森林裏新開了一間「動物學校」，教小動物各種本領。課程有游泳、攀爬、跳躍等，動物媽媽爭先恐後地把寶貝們送到學校來。

　　游泳課上，大象老師教小雞游泳，小雞嚇得嘩嘩大哭，不肯下水。攀爬課上，大象老師教鴨子爬樹，小鴨的腳掌磨破了皮也爬不上來。跳躍課上，大象老師教刺蝟跨欄，刺蝟只會在地上打滾。

　　這一整天的學習最後以失敗告終。動物媽媽都不高興了，紛紛向學校投訴，說大象老師沒有教會寶貝們本領。

　　大象老師對自己很失望，牠向貓頭鷹博士求助。貓頭鷹博士說：「你沒有因材施教啊！」

我教你開汽車！

通關遊樂場

1. 礻貌申

2. 題做

3. 兵城

4. 同異

5. 烏石烏

6. 月人券

5

1.　33333　55555　　　　三五

2.　1+2+3　　　　　　二　　三

3.　1×1=1　　　　　一　　　變

4.　1234560 9　　　　七　八

5.　9990+1　　　　　無　失

6.　1=365　　　　　日　年

6

一語道破

1. **材**：從木部，指木材，泛指原料。**才**：才能，才幹。
   因材施教：根據學生的不同情況，採用不同教育方式。

2. **竿**：從竹部，指竹竿。**杆**：指長的棍子。
   百尺竿頭：長竹竿的頂端，比喻學問或事業有很高的成就。

   【舉一反三】
   立竿見影　日上三竿　揭竿而起

3. **安分**：守本分。**分**：本分，即權利或責任的限度。
   安分守己：安守本分，規矩老實。

4. **黯然**：情緒低下，面色難看的樣子。
   黯然神傷：心神悲傷沮喪。

5. **唉**：表示傷感或惋惜。
   唉聲歎氣：因傷感、悲痛而歎氣。

6. **川**：指河流。
   川流不息：形容行人、車輛等像水流一樣連續不斷地流過。

   【舉一反三】
   海納百川　名山大川　水積成川

7. **裁**：從衣部，指剪裁。
   別出心裁：構思獨特，與眾不同。**心裁**：指剪裁前，心中先有設計構想。

8. **載**：字連接兩個動詞，表示兩種活動正同時進行。

   載歌載舞：一邊唱歌，一邊舞蹈。

9. **無事**：指沒有緣故。生非：製造麻煩。

   無事生非：無緣無故，故意製造麻煩。

10. **物是**：事物還是原來的樣子。人非：人不是原來的人。

   物是人非：事物依舊，人已經不是原來的人。

「通關遊樂場」答案

A.　1. 貌合神離　　2. 小題大做　　3. 兵臨城下

　　4. 大同小異　　5. 一石二鳥　　6. 引人入勝

B.　1. 三五成群　　2. 接二連三　　3. 一成不變

　　4. 七零八落　　5. 萬無一失　　6. 度日如年

第2關

過關斬將

請選擇適當的字填入方格內，使成語完整：

1. 阿諛 [逢 奉] 承

2. 汗流 [浹 夾] 背

3. 披星 [帶 戴] 月

4. 出人 [頭 投] 地

5. 走 [頭 投] 無路

6. 不平則 [名 鳴]

7. 莫 [名 明] 其妙

8. 不 [假 加] 思索

9. 大 [器 氣] 晚成

10. 禮 [上 尚] 往來

9

故事留聲機

禮尚往來

在軍營裏，一個軍官和一個士兵擦身而過。士兵心裏正想着事情，因此沒有向軍官敬禮。軍官認為士兵破壞了軍隊紀律，對自己不禮貌，很生氣。他要求士兵停步，嚴厲地說：「我命令你現在向我敬禮二百次，作為你不守紀律的懲罰！」

士兵還沒有回過神來，呆呆地看着軍官，不知所措。這一幕剛好被路過的將軍看到，他微笑着對軍官說：「這很好。不過按照規矩，他每向你敬一次禮，你必須回敬一次，禮尚往來嘛！」

爬着來的

　　從前，有個人名叫阿奉，喜歡討好別人，習慣對人阿諛奉承。

　　有一天，阿奉在家中接待四位客人，他和客人聊天，問客人剛才是怎樣來到他家的。

　　第一位客人說：「我坐轎來的。」

　　阿奉說：「有氣派啊！」

　　第二位客人說：「我騎馬來的。」

　　阿奉說：「很瀟灑啊！」

　　第三位客人說：「我走路來的。」

　　阿奉說：「很從容啊！」

　　最後一位客人實在受不了這些奉承的話，故意說：「我爬過來的！」阿奉堆起笑容，豎起出大拇指，對客人說：「很穩當啊！」

爬着走，穩當！

通關遊樂場

A. 看圖猜成語：

1.

2.

3.

1. 聲東擊 [ ]　　　　[ ] 然無恙

2. 同舟共 [ ]　　　　[ ] 柯一夢

3. 源遠流 [ ]　　　　[ ] 風化雨

4. 百川歸 [ ]　　　　[ ] 若懸河

5. 見多識 [ ]　　　　[ ] 山再起

6. 杞人憂 [ ]　　　　[ ] 津有味

一語道破

1. **奉承**：指討好別人。
   阿諛奉承：說好聽的話迎合別人。

2. **浹**：指濕透了。
   汗流浹背：出汗多，脊背都濕透了。

3. **戴**：穿戴。
   披星戴月：頂着星月奔走，形容早出晚歸。

4. 通常人們在比高矮時，會說「高出一個頭」。
   出人頭地：超出一般人，高人一等。

5. **走投**：奔走、投靠的意思。
   走投無路：形容一個人陷入困境，找不到出路。

6. **鳴**：原來指鳥叫，此處指發出呼聲。
   不平則鳴：遇到不公平的事情，就要發出不滿的呼聲。

7. **名**：說出（動詞）。**其**：其中，當中。
   莫名其妙：不能說出其中的奧妙。

8. **假**：假借，借助。
   不假思索：不必借助思考就能作出反應，形容做事迅速。

【舉一反三】
狐**假**虎威　**假**公濟私　**假**手於人

9. 　大器：原指貴重的物品，比喻擁有才能的人。

　　大器晚成：貴重器物需要長時間才能完成。比喻有大才的人需要鍛煉，往往成才較晚。

10. 　尚：注重，重視。

　　禮尚往來：指在禮節上崇尚有來有往。如果有來無往，被視為「無禮」。

「通關遊樂場」答案

A. 　1. 打草驚蛇　　2. 畫蛇添足　　3. 杯弓蛇影

B. 　1. 西安　　2. 濟南　　3. 長春

　　4. 海口　　5. 廣東　　6. 天津

過關斬將

選擇適當的字填入方格內，使成語完整：

1. 莫 漠
   ☐ 不關心

2. 模 無
   ☐ 棱兩可

3. 莫 漠
   愛 ☐ 能助

4. 巧奪天 功 工
   ☐

5. 功 工
   ☐ 不可沒

6. 斑 班
   可見一 ☐

7. 復 覆
   重蹈 ☐ 轍

8. 新 薪
   杯水車 ☐

9. 具 俱
   獨 ☐ 匠心

10. 具 俱
    兩敗 ☐ 傷

16

模稜兩可的怪物

　　鳳凰過生日，百鳥一起給鳳凰賀壽，場面十分壯觀。

　　鳳凰在前來祝壽的鳥群中，發現了蝙蝠，感覺牠很陌生。蝙蝠解釋說：「我當然是鳥啊，你看我這一對翅膀！」說完，蝙蝠毫不客氣地享用生日會上的美食。

　　獅子過生日，百獸設宴祝賀。獅子發現了蝙蝠，覺得牠的身份很可疑。蝙蝠解釋道：「我當然是獸啊，你看我這一排鋒利的牙齒！」說完，蝙蝠大模大樣地享用生日會上的美食。

　　鳳凰和獅子相遇時，聊起了蝙蝠的事。鳳凰哈哈大笑，鄙視地說：「牠真是一隻模稜兩可的怪物啊！」

杯水車薪

　　有一個農夫辛苦了一天，砍了一大車柴草，心滿意足地趕着牛車回家。途中，他想抽支煙，歇息一會。突然，他聽到啪啪的聲音，還聞到一股焦味。原來，煙斗中的火星吹到車上，把柴草點燃了。

　　農夫着急了，馬上跑到附近的溪邊打水滅火。他看見溪邊放着一個大木桶，一個水瓢，還有一隻水杯。他心裏想：剛才火苗很小，用水杯最輕便，也跑得快！於是，他裝了一杯水就回去救火。可是，一杯水潑在燃燒中的柴草上，沒有任何效果，最後一車柴草化為了灰燼。

A. 補充下列成語所缺的字，猜出兩句古詩：

手 薄 山 窮 力　　梁 東 木 闊 年

起 西 傍 水 而　　一 獅 三 天 似

家 山 水 盡 為　　夢 吼 分 空 水

19

1.

2.

3.

一語道破

1. 漠：冷淡，不關心。

   漠**不關心**：態度冷淡，毫不關心。

2. 模棱：含糊，不明確。兩可：可以這樣，也可以那樣。

   模棱兩可：態度不明確，是非不分。

3. 莫：不，不能。愛：同情。

   愛莫能助：雖然很同情，但是沒有能力幫助。

   【舉一反三】
   莫名其妙　變幻莫測　後悔莫及

4. 工：技藝，技巧。奪：勝過。

   巧奪天工：手工精巧，勝過天然，形容技藝巧妙。

5. 功：功勞。

   功不可沒：形容功勞大，不可以忽略。

6. 斑：指斑紋。

   可見一斑：這個成語完整的表達是「管中窺豹，可見一斑」，意思是從竹管的小洞裏看豹，只能看到牠身上的一些斑紋。比喻從事物的一小部分，可以推知整體。

7. 覆轍：翻過車的路上留下的痕跡。

   重蹈覆轍：指重新走上翻過車的老路，重犯以往的錯。

8. 薪：指柴草。

   杯水車薪：用一杯水救一車柴草的火。比喻力量小，不能解決問題。

9. 具：具有。

   獨具匠心：具有獨到的靈巧心思或創造性。

10. 俱：全，都。

    兩敗俱傷：雙方都受到損失。

「通關遊樂場」答案

A. 白日依山盡，黃河入海流。

B. 1. 怒髮衝冠　　2. 心花怒放　　3. 狗急跳牆

第4關

過關斬將

選擇適當的字填入方格內，使成語完整：

1. 漫山 野 （片 遍）

2. 赴湯 火 （蹈 道）

3. 改 （邪 斜） 歸正

4. （調 掉） 虎離山

5. 和顏 （目 悅） 色

6. 不修邊 （幅 福）

7. （滄 蒼）  海一粟

8. 底抽薪 （釜 斧）

9. 針 （砭 貶） 時弊

10. 殺雞 猴 （敬 儆）

23

調虎離山

吉仔爸爸：「吉仔，明天星期日，正好是你媽媽生日，我想給她驚喜。你能不能幫忙調虎離山，讓我在家收拾佈置一下，再做幾個私房菜，給媽媽一個大驚喜！」

吉仔：「爸爸真有心思啊！做兒子的一定支持！這事很簡單嘛，明天我上完琴課，媽媽來接我，我就主動提出陪她逛商場，她一定很樂意的。」吉仔說完之後，遲疑了一下，一臉壞笑地說：「噢，爸爸，你說『調虎離山』，原來媽媽在你心中是一隻『母老虎』啊！」

爸爸瞥了吉仔一眼，「噓……」

父子二人哈哈大笑起來。

無瓶可裝

　　Ｃ公司是世界知名的飲品業巨頭，打算進軍Ｉ國市場。Ｉ國是一個小國家，Ｚ公司是Ｉ國本土飲品公司。Ｚ公司得知消息後，如臨大敵，多次召開高層會議商討對策。打價格戰？研發新產品？……這些都不是出路啊！後來，有人獻出了一條高明的計策：由Ｚ公司使用巨大資金，收購國內僅有的兩家製瓶廠，讓Ｃ公司的飲品「無瓶可裝」。

　　銷售飲品必須使用大量瓶子，沒有當地廠家供應瓶子，Ｃ公司只能從本國運送瓶子到Ｉ國，使生產費用大幅增加。Ｚ公司控制了Ｉ國的製瓶廠，等於卡住了Ｃ公司進軍Ｉ國的咽喉。這招釜底抽薪，迫使Ｃ公司暫時放棄了Ｉ國市場。

通關遊樂場

1.

七　　　　　　　　八

2.

旗　　　　　　　　鼓

3.

德　　　　　　　　望

4.

財　　　　　　　　義

5.

心　　　　　　　　德

6.

上　　　　　　　　下

1.

2.

3.

一語道破

1. **漫**：和「遍」意思相近，都是動詞，指遍佈。
   漫山遍野：遍佈山野。

2. **赴**：前往。**蹈**：跳。**湯**：滾熱的水。
   赴湯蹈火：進入滾水和火堆裏，都是十分困難的事情。比喻不怕艱苦，勇往直前。

   【舉一反三】
   重蹈覆轍　手舞足蹈　如蹈水火

3. **邪**：與「正」意思相反，指思想品行不正。
   改邪歸正：從邪路回到正路上，指不再做壞事。

4. **調**：調動，調配。
   調虎離山：「調虎」指設法調動老虎，使牠離開山頭（老虎的地盤）。比喻設法使對方離開原地，以便趁機行事。

5. **悅**：指喜悅，「悅色」就是愉悅的神色。
   和顏悅色：指一個人神情愉快，讓人容易親近。這個成語用來形容人的表情，不是形容「月亮」。

6. **邊幅**：布帛的邊緣。**不修**：不講究。
   不修邊幅：形容衣着隨便，不講究服飾、儀表。

7. **滄海**：指大海。**粟**：穀子。
   滄海一粟：大海中的一粒穀子，比喻非常渺小。

8. 釜：古代的一種鍋。

   釜底抽薪：把柴火從鍋底抽掉，比喻從根本上解決問題。

   【舉一反三】
   破釜沉舟　釜中之魚　瓦釜雷鳴

9. 砭：古代治病用的石針。**針砭**：用石針治病。

   針砭時弊：像治病一樣指出社會的弊病。

10 儆：告誡，警告。

   殺雞儆猴：殺雞給猴看，比喻懲罰一個人來告誡別的人。

「通關遊樂場」答案

A.　1. 七上八下　　2. 旗鼓相當　　3. 德高望重

　　4. 輕財重義　　5. 同心同德　　6. 不相上下

B.　1. 指鹿為馬　　2. 對牛彈琴　　3. 渾水摸魚

過關斬將

選擇適當的字填入方格內，使成語完整：

1. 彬杉 彬杉 ［　　］［　　］有禮

2. 鬼鬼 崇祟 崇祟 ［　　］［　　］

3. 病入膏 肓盲 肓盲 ［　　］［　　］

4. 不敢 苟芶 ［　　］同

5. 草 菅管 ［　　］人命

6. 如火如 荼茶 ［　　］

7. 姿恣 ［　　］意妄為

8. 杳查 ［　　］如黃鶴

9. 火中取 栗粟 ［　　］

10. 濫 芋竽 ［　　］充數

病入膏肓

　　戰國時候，晉國國君景公得了重病，看遍國內名醫，都沒有效果，打算邀請秦國名醫秦緩前來治病。

　　有天晚上，晉景公做了一個奇怪的夢。他夢見兩個小孩邊玩耍邊討論：「秦緩來了，我們肯定會被捉住的，躲一躲吧！」

　　「你我分別居住在膏的下面和肓的上面，就算秦緩的醫術再高明也拿我們沒辦法！」晉景公被他們的對話驚醒了。

　　過了幾天，秦緩來到晉國，給晉景公把脈診斷。他搖搖頭說：「大王的病嚴重啊！已經病入膏肓，無可救治了。」

　　晉景公聽了秦緩的話，聯想起那晚做的夢，默默點頭。

故事留聲機

火中取栗

在一個豐收的季節裏，農家院子裏飄來一陣陣烤栗子的香味。猴子垂涎三尺，但是看見爐中有火，不好下手。

猴子看到院子裏有一隻貓，就對牠說：「我看你是一個膽小鬼！」貓一聽就生氣了：「你憑甚麼這樣說我？」

猴子接着說：「如果你不是，你敢證明嗎？趁着主人走開了，你敢不敢去拿爐裏的栗子？」

貓貓撇了撇嘴巴，擺出一副威風凜凜的樣子，走到火爐旁，把爪子伸到火裏去拿栗子。爪子碰到火，毛立刻被燒焦了，貓痛得喵喵大叫，把栗子甩了出去，猴子趁機把栗子吃掉了。

通關遊樂場

1.　2、4、6、8、10　　　　　無 [　] 有 [　]

2.　1、2、5、6、7、8、9　　[　] 三 [　] 四

3.　9寸 +1寸 =1尺　　　　[　] 寸 [　] 尺

4.　7÷2　　　　　　　　[　] 三 [　] 四

5.　$\frac{7}{8}$　　　　　　　　　七 [　] 八 [　]

6.　3322　　　　　　　　三 [　] 兩 [　]

33

1.

2.

3.

4.

一語道破

1. **彬彬：**形容一個人的動作很文雅。
   彬彬有禮：形容文雅有禮的樣子。

2. **祟：**上「出」下「示」，指鬼神禍害人間。
   鬼鬼祟祟：形容一個人的行為偷偷摸摸，不光明正大。

3. **肓：**指心臟與隔膜之間的位置。**膏：**脂肪。「膏肓」是指藥力達不到的地方。
   病入膏肓：形容病情嚴重，無法醫治。

4. **苟：**隨便；**同：**同意。
   不敢苟同：指不敢隨意表示贊同。

   【舉一反三】
   不苟言笑　一絲不苟　一筆不苟

5. **菅：**從「艸」部，指草。
   草菅人命：把人命視作野草一樣，隨意殺死。

6. **荼：**指茅、蘆之類的白花。
   如火如荼：像火那樣紅，像荼那樣白，形容旺盛、熱烈或激烈的場面。

7. **恣：**指放縱。
   恣意妄為：毫無顧忌地胡作非為。

8. 杳：指不見蹤影。黃鶴：傳說中仙人所乘的鶴。

杳**如黃鶴**：傳說中，仙人乘黃鶴飛去，從此不回來。比喻無蹤無影，下落不明。

【舉一反三】
音信杳無　杳無人煙　杳無人跡

9. 栗：從「木」部，指栗樹的果實，栗子。

火中取栗：比喻被人利用，替人冒險，自己卻得不到好處。

10. 濫：失實的，假的。

濫**竽充數**：比喻沒有本領冒充有本領，次貨冒充好貨。

「通關遊樂場」答案

A. 1. 無獨有偶　　2. 丟三落四　　3. 得寸進尺

　　4. 不三不四　　5. 七上八下　　6. 三三兩兩

B. 1. 左右開弓　　2. 舉一反三　　3. 馬失前蹄　　4. 點到即止

成語誤用

　　成語的意思是約定俗成的，我們在使用的時候必須符合相關的習慣。可是，在日常生活中，我們經常根據成語字面的意思來推測詞義，望文生義，結果常常把成語理解錯了，使用在不適當的地方。

　　在下面的 6-10 關，小宇的任務是要辨別成語運用是否恰當。請擦亮你的眼睛，與小宇一起攻克「成語誤用關」！

過關斬將

以下每組有兩個句子，哪個句子的成語運用得當？

1. 差強人意

   A：老闆一定要派沒有經驗的新員工去處理這宗複雜的業務，不是差強人意嗎？

   B：雖然表姐在國外長大，但家人一直跟她講普通話，所以她的普通話講得差強人意。

2. 七月流火

   A：一轉眼已經到了七月流火的季節，北方的家人是否已經感到陣陣秋意呢？

   B：現在正處於七月流火的高溫天氣，從事戶外工作的人要小心中暑。

3. 平分秋色

   A：叔叔從家鄉帶來很多棗子，我們把棗子平分秋色，送了一半給鄰居。

   B：兩位參賽者的棋藝相當，最終平分秋色，打成平局。

4. 洛陽紙貴

A：陸先生是一個很成功的作家，每次出版新書，都會洛陽紙貴。

B：全球用紙量一直上升，紙張的價格同樣不斷上升，造成了洛陽紙貴的局面。

5. 瓜田李下

A：他的畫作充滿農村的氣息，花草樹木、瓜田李下、飛鳥魚蟲，都是他筆下的主角。

B：考試的時候，我們不要東張西望，否則瓜田李下，讓人誤會正在作弊。

6. 始作俑者

A：大家議論紛紛，究竟這場惡作劇的始作俑者是誰？

B：這次舉辦的環保活動很成功，小明是這次活動的始作俑者，他的表現得到老師的一致讚許。

7. 登堂入室

A：小晴學習小提琴已有十年，技術可以說是登堂入室了。

B：如果客人沒得到主人同意就登堂入室，是很不禮貌的行為。

8. 美輪美奐

    A：這家小店售賣的手工飾物美輪美奐，令人愛不釋手。

    B：這個小村莊的房屋古色古香，美輪美奐。

9. 指手劃腳

    A：小薇把自己關在房間裏，對着鏡子指手劃腳，為畢業演出加緊練習。

    B：這幅畫的內容很難理解，旁人就算看不懂，也不能指手劃腳。

10. 萬人空巷

    A：天文台懸掛八號風球，平時的繁華鬧市變得萬人空巷。

    B：明星足球隊下星期日將在香港大球場踢一場友誼賽，到時必定萬人空巷。

三個篩子

一位學生興衝衝地跑來找智者，眉飛色舞地說：「老師，我要告訴你一件難以想像的事情……」

「且慢」智者制止他說：「你確定那是一件真事嗎？」

學生搖搖頭，他感到情況不妙。智者繼續問：「即使不是真的，至少是善意的，你確定那是一件善意的事嗎？」

「不，正好相反。」學生慚愧地低下頭。智者再問：「你這麼焦急告訴我的事，很重要嗎？」「並不重要。」學生面紅耳赤。

智者語重心長地說：「說事前，先用三個篩子過濾：真確嗎？善意嗎？重要嗎？不要做搬弄是非的始作俑者。」

瓜田李下

從前有兩個人遇到了倒楣事。

第一個人途經一片西瓜地的時候,發現鞋帶鬆了,他蹲下身子繫鞋帶。正在這時候,一個體形高大的人從暗處衝出來,把繫鞋帶的人用力按在地上,說:「終於捉住你這個偷瓜賊了!」

另一個人,途經一處果園的時候,被風吹歪了帽子。他舉起雙手,正要整理帽子的時候,一個憤怒的人從果樹後衝出來,迅速地把整理帽子的人捉住,說:「還捉不到你這個偷李賊?」

原來,在瓜地蹲下來,在李樹下舉起手,都是容易引起誤會的啊!

敢偷我家西瓜!

通關遊樂場

A. 看圖猜成語：

1.

|　|　|　|　|

2.

|　|　|　|　|

3.

|　|　|　|　|

一　分　為　☐

為　　　　龍

二　　　　戲

☐　璧　聯　☐

C. 成語迷宮：

海	空	穴	地	義
闊	天	來	經	不
殘	捲	風	天	容
雲	別	有	洞	辭
泥	之	意	達	不

入口

出口

一語道破

1. 差強人意：大體還能使人滿意。差：略微。強：振奮。
   B 句「差強人意」使用正確。

2. 七月流火：農曆七月天氣轉涼，也比喻事物轉向衰弱。
   A 句「七月流火」使用正確。

   > 【舉一反三】
   > 形容天氣炎熱的成語：
   > 夏日炎炎 驕陽似火 揮汗成雨

3. 平分秋色：平均分享秋天的景色。比喻雙方力量不分上下。
   B 句「平分秋色」使用正確。

4. 洛陽紙貴：比喻著作廣為流傳，很受歡迎。
   A 句「洛陽紙貴」使用正確。

5. 瓜田李下：瓜田裏不彎腰提鞋子，李樹下不舉手整帽子，避免偷瓜摘李的嫌疑。比喻引起猜疑的場合。
   B 句「瓜田李下」使用正確。

6. 始作俑者：比喻開惡劣先例的人。俑：古代用來殉葬的木偶或陶偶。
   A 句「始作俑者」使用正確。

7. 登堂入室：比喻學問或技能由淺入深，達到了高深的地步。「入門」、「登堂」、「入室」比喻學習三個

階段：「入門」是初學；「登堂」學有所成；「入室」深得其中奧妙。

A 句「登堂入室」使用正確。

8. 美輪美奐：形容房屋高大眾多。輪：高大。奐：眾多。

B 句「美輪美奐」使用正確。

【舉一反三】
形容飾物精緻的成語：
小巧玲瓏 晶瑩剔透 巧奪天工

9. 指手劃腳：說話時用手腳比劃示意，形容亂加批評或發號施令。

B 句「美輪美奐」使用正確。

10. 萬人空巷：指人人都從巷子裏出來了，形容場面盛大，或新奇事物引起轟動。

B 句「萬人空巷」使用正確。

「通關遊樂場」答案

A. 1. 螳臂當車　　2. 飛蛾撲火　　3. 班門弄斧

B. 一分為二龍戲珠聯璧合二為一

C. 海闊天空 ⇨ 空穴來風 ⇨ 風捲殘雲 ⇨ 雲泥之別 ⇨
別有洞天 ⇨ 天經地義 ⇨ 義不容辭 ⇨ 辭不達意

過關斬將

以下每組有兩個句子，哪個句子的成語運用得當？

1. 趨之若鶩

   A：一部好的作品，人們會趨之若鶩；而平凡
   之作，再多的宣傳也沒用。

   B：二十多年前，大量越南人趨之若鶩地偷渡
   去香港。

2. 身無長物

   A：誰也沒有想到，眼前這位慈善家，曾經是
   一個身無長物的窮光蛋。

   B：我除了有一個不算太笨的腦袋和一雙尚算
   勤快的手，身無長物。

3. 不刊之論

   A：小桃的媽媽是一位虔誠的基督徒，她視《聖
   經》為不刊之論。

   B：這篇文章，內容前後不一致，錯漏百出，
   簡直是不刊之論。

4. 下里巴人

A：這部電影講述一個下里巴人初到大城市，不適應城市生活，鬧出了種種笑話。

B：小莉對音樂的愛好很廣泛，無論下里巴人還是陽春白雪，她都有所認識。

5. 進退維谷

A：在遊樂園裏，表哥既想看海豚表演，又想排隊玩過山車，左思右想，進退維谷。

B：遇到惡劣天氣加上糧食不足，我們這次宿營活動陷入了進退維谷的困境。

6. 屢試不爽

A：今天上午網絡出現故障，很多網頁打不開，屢試不爽。

B：只要我幫媽媽做家務，媽媽就很開心，這個哄媽媽開心的方法，屢試不爽。

7. 粉墨登場

A：他以財政部長的身份粉墨登場，外界對他的能力充滿了疑慮。

B：本年度最新設計，性能最好的一款汽車即將粉墨登場。

8. 如坐春風

   A： 交流會上，我聽了一群學界精英的演講，如坐春風，收穫很大。

   B： 小朋友們心情歡快，如坐春風般在草地上奔跑嬉戲。

9. 目無全牛

   A： 李叔叔砌模型的技術很純熟，達到目無全牛的境界。

   B： 我們閱讀文章，要注意通篇理解，否則目無全牛，一知半解。

10. 三人成虎

   A： 你應該和同事合作完成這個項目，要知道三人成虎，眾志成城。

   B： 這件事未經證實，不能亂說，否則三人成虎，後果可能很嚴重。

「下里巴人」與「陽春白雪」

楚國有位文學家叫宋玉，楚王很欣賞他。有人因此嫉妒宋玉，在楚王面前搬弄是非。楚王對宋玉說：「有很多人對你不滿，你可要注意一點！」

宋玉回答：「我先給大王舉個例子吧。一個歌唱家在皇城歌唱。開始他唱楚國最流行的通俗歌曲《下里巴人》，成百上千的人跟着唱。後來他唱起高雅的歌曲《陽春白雪》，跟唱的就剩下幾十了。最後他唱起音律更高深的歌曲，能跟唱的人就沒有幾個了。可見歌曲越高深，能跟唱的人就越少！」宋玉接着說：「處世做人也是這個道理。品行越高尚的人，越會引來別人的妒忌。」

後來，人們把「下里巴人」用來形容通俗淺白的文藝作品，「陽春白雪」指一些高雅的文藝作品。

謠言惹的禍

　　曾參是孔子的學生，道德修養高尚。

　　一次，曾參外出未歸，碰巧一個與他同名同姓的人，因為殺人被捕了。有個鄰居給曾參的母親報信：「你的兒子殺人被捉了。」曾參母親十分了解自己的兒子，相信兒子不可能做這樣的事。她不理會，繼續織布。

　　不一會，另一人對曾參母親說：「你兒子闖禍了，殺人了！」母親開始動搖，心緒不寧：難道是真的？不久，第三個人告訴曾參母親：「你兒子出大事了！被關進牢房了！」曾參母親驚慌失措，徹底崩潰。

　　人言可畏，三人成虎，謠言的殺傷力真大！

通關遊樂場

旭日東升　　　　日落西山　　　　夕陽西下

早晨　　　　黃昏　　　　晚上

半夜三更　　　　晨光熹微　　　　夜深人靜

1.

2.

3.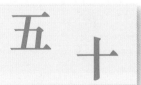

4.

一語道破

1. **趨之若鶩**：像野鴨一樣成群地跑去，比喻許多人爭着去做某事（含貶義）。鶩：野鴨。

    B 句「**趨之若鶩**」使用正確。

2. **身無長物**：除自身外，沒有多餘的東西了，形容人極度貧窮。

    A 句「**身無長物**」使用正確。

    【舉一反三】
    形容沒有技能或沒有文化的成語：
    一無是處　不學無術　胸無點墨

3. **不刊之論**：形容文章或言辭很精確、恰當。刊：指消除（古代把字刻在竹簡上，有錯就削去。）不刊：指不可修改。

    A 句「**不刊之論**」使用正確。

4. **下里巴人**：古代民間通俗歌曲，指通俗的文藝作品。

    B 句「**下里巴人**」使用正確。

5. **進退維谷**：指無論是進還是退，都處在困境之中。谷：比喻困境。

    B 句「**進退維谷**」使用正確。

6. **屢試不爽**：多次照樣做都沒有出錯，每次都能成功。不爽：沒有差錯。

    B 句「**屢試不爽**」使用正確。

7. 　**粉墨登場**：原指演員化妝後登台演出。比喻壞人經打扮後登上政治舞台。粉墨：指化妝品。

　　A 句「粉墨登場」使用正確。

8. 　**如坐春風**：像置身春風當中。比喻同品德高尚而有學識的人相處並受到薰陶。

　　A 句「如坐春風」使用正確。

9. 　**目無全牛**：指屠夫解牛，眼中沒有完整的牛，只有牛的筋骨結構，形容技藝達到純熟的境界。

　　A 句「目無全牛」使用正確。

10. 　**三人成虎**：原指城裏本沒有老虎，三個人謊稱集市有老虎，其他人就信以為真。謠言重複多次，就能令人信以為真。

　　B 句「三人成虎」使用正確。

「通關遊樂場」答案

A.

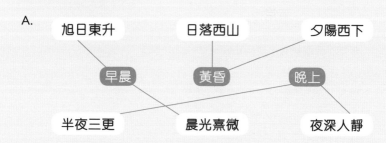

B.　1. 兩面三刀　　2. 可圈可點　　3. 一五一十　　4. 口是心非

過關斬將

以下每組有兩個句子，哪個句子的成語運用得當？

1. 首當其衝

   A： 連場大雨，農作物浸壞了，農民首當其衝
   地承受巨大的損失。

   B： 考試時間提前了，我們首當其衝，必須安
   排好溫習的計劃。

2. 栩栩如生

   A： 妹妹用色紙剪了一隻栩栩如生的蝴蝶。

   B： 她的演技很好，她扮演的角色簡直栩栩如
   生。

3. 文不加點

   A： 他的文章常常文不加點，人們讀起來十分
   吃力。

   B： 考試的作文題目很適合小芹，她信心十
   足，寫起來文不加點。

4. 班門弄斧

A：在座都是我的前輩，我怎敢班門弄斧呢！

B：開學當天，小玲負責接待家長，雖然她很緊張，也只能班門弄斧了。

5. 敝帚自珍

A：爺爺送我的原子筆，雖然款式舊了，但我仍然敝帚自珍，收藏在抽屜裏。

B：這條圍巾很不起眼，卻是我自己編織的，我一直敝帚自珍。

6. 良莠不齊

A：新生入校第一次測試，結果成績懸殊，良莠不齊。

B：這批求職者，良莠不齊，我們需要細緻挑選。

7. 果不其然

A：出門時，媽媽提醒婷婷帶傘，婷婷不願意，果不其然，半路就下雨了。

B：這位氣功大師聲稱能夠發功治病，經過專家分析，果不其然，大家不要上當。

8. 氣宇軒昂

　　Ａ：這座古廟如今裝修一新，看起來古樸莊

　　　　嚴，氣宇軒昂。

　　Ｂ：三年不見的表弟留學歸來，氣宇軒昂的他

　　　　站在面前，我幾乎認不出來。

9. 嚴陣以待

　　Ａ：一年一度的頒獎典禮即將開始，中外記者

　　　　雲集，嚴陣以待。

　　Ｂ：這個屋苑最近常發生失竊事件，居民加強

　　　　防範，保安人員嚴陣以待。

10. 天倫之樂

　　Ａ：春節假期，我們一家人去旅行，共享天倫

　　　　之樂。

　　Ｂ：同學們在一起開籌火晚會，歡聲笑語，盡

　　　　情享受天倫之樂。

鬥富

石崇和王愷都是中國古代有名的富翁，兩人經常比拼誰更富有。

有一次，王愷到石崇家中，拿出一棵兩尺高的珊瑚樹，得意洋洋。沒想到石崇對這棵珍貴的珊瑚樹，一點也不在意，隨意地用鐵棒把它打碎了。

王愷很憤怒，他認為石崇嫉妒他才這樣做。

可是，石崇對他說：「好了，我賠給你另一棵珊瑚樹吧！」

石崇命令僕人把家裏的珊瑚樹拿出來，任王愷挑選。沒多久，一棵棵三尺高、四尺高、五尺高的珊瑚樹擺放在王愷面前，光彩奪目。這時候，王愷看傻眼了，他終於明白誰更富有了。他想到自己敝帚自珍，感到十分羞愧。

誰更美？

古時候，有一個人名叫鄒忌。他長得氣宇軒昂，還娶了兩位漂亮的妻子。

有一次，他照鏡子後，對一位妻子說：「我與鄰國的徐公子相比，誰更俊美呢？」這位妻子很愛他，聽到這話，就笑着說：「徐公子哪能跟你相比呢？」

鄒忌認為這位妻子沒有說真話，於是問另一位妻子：「我與徐公子相比，誰更俊美呢？」這位妻子怕他不高興，就說：「當然你比他更美了！」

第二天，一位客人前來拜訪他。兩人閒談的時候，鄒忌問客人：「我和徐公子誰更俊美呢？」客人說：「徐公子不如你呀！」

終於，鄒忌有機會見到徐公子本人了。他認為徐公子才是難得一見的美男子，自己遠遠及不上他。只是，鄒忌心裏很奇怪，為甚麼沒有人告訴他真相呢？他想了很久，終於想明白了：第一位妻子認為他更美，是偏愛他；第二位妻子認為他更美，是畏懼他；客人認為他更美，是討好他呢！

通關遊樂場

A. 有些成語與植物有關，請把下列成語跟相關的植物連起來：

良莠不齊　　歲寒松柏　　寸草春暉

草　　花　　樹

春蘭秋菊　　百步穿楊　　曇花一現

籠	連	截	回	更	奇	有
走	忘	了	分	半	百	所
壁	返	當	解	夜	怪	短

難	非	花	東	井	死	壞
雜	曲	火	獅	下	一	之
症	直	樹	吼	石	生	別

一語道破

1. 　**首當其衝**：處在交通要道，比喻最先受到威脅或遭遇災難。

   A 句「首當其衝」使用正確。

2. 　**栩栩如生**：形容藝術品像活的一樣。多指畫作、雕刻、刺繡等手工製作的藝術品。

   A 句「栩栩如生」使用正確。

> 【舉一反三】
> 形容演員演技好的成語：
> 出神入化　活靈活現　惟妙惟肖

3. 　**文不加點**：指文章一氣呵成，不用修改。形容文思敏捷，寫作技巧純熟。點：刪改。

   B 句「文不加點」使用正確。

4. 　**班門弄斧**：在魯班面前擺弄斧頭，比喻在行家面前賣弄本領，不自量力。

   A 句「班門弄斧」使用正確。

5. 　**敝帚自珍**：把自己的破掃帚當寶貝，比喻東西破舊，自己卻很珍愛。敝帚：破舊的掃帚。

   B 句「敝帚自珍」使用正確。

6. 　**良莠不齊**：比喻好人壞人混在一起，難以區分。莠：狗尾草，比喻壞人。

   B 句「良莠不齊」使用正確。

7. 果不其然：果然不出所料，事實與預料的一樣。

   A 句「果不其然」使用正確。

8. 氣宇軒昂：形容人氣度不凡。氣宇：氣概，胸襟。
   軒昂：形容精神飽滿。

   B 句「氣宇軒昂」使用正確。

9. 嚴陣以待：排兵佈陣，做好準備等待敵人。

   B 句「嚴陣以待」使用正確。

10. 天倫之樂：指家人團聚歡樂。天倫：指父母、子女、
    兄弟姐妹等親屬關係。

    A 句「天倫之樂」使用正確。

「通關遊樂場」答案

A.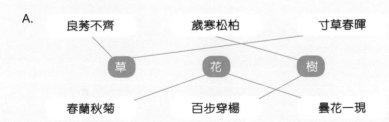

B. 飛流直下三千尺，疑是銀河落九天。

過關斬將

以下每組有兩個句子，哪個句子的成語運用得當？

1. 不恥下問

   A：蔡老師經常教導我們，遇到學習疑難要虛心求教，不恥下問。

   B：我們這些電腦初學者要虛心向這個電腦專家求教，不恥下問。

2. 吹毛求疵

   A：廠家對產品的品質要求很高，吹毛求疵，因而產品很暢銷。

   B：在體操比賽中，她的動作近乎完美，但是評判竟然扣了她兩分，簡直是吹毛求疵。

3. 鼎力相助

   A：這個慈善晚會得到社會各界人士鼎力相助，籌辦得相當成功。

   B：你的困難就是我的困難，這件事我一定鼎力相助。

4. 東窗事發

A：歹徒從報紙得知東窗事發，打算潛逃到境外。

B：他升職加薪的事，本來不想向外透露，沒想到還是東窗事發了。

5. 東山再起

A：雖然伯父破產了，但是他沒有消沉，現在已經東山再起。

B：為了逃避警察的追捕，這個毒販躲藏起來，準備日後東山再起。

6. 虎視眈眈

A：特警正趴在沙堆上，緊握着槍，虎視眈眈地望着匪徒的巢穴。

B：動畫片裏的「灰太狼」，總是對小羊們虎視眈眈。

7. 滿城風雨

A：這區最近不斷發生殺人事件，鬧得滿城風雨，居民都期待警方早日破案。

B：他拾金不昧的事跡經過報章電視報導後，已經滿城風雨，無人不知了。

8. 匹夫之勇

    A：籃球比賽講求團隊合作，單憑匹夫之勇，
      難以取勝。

    B：楊老伯年過六十，憑匹夫之勇，一年間抓
      獲了三個小偷。

9. 罄竹難書

    A：他自從上任以來，為民眾做了許多好事，
      可謂罄竹難書。

    B：小琪是學校裏的「惡霸」，他欺負同學的事
      件真是罄竹難書。

10 鋌而走險

    A：爺爺經常跟我們提起他年輕時鋌而走險，
      在路邊擺賣魚蛋的往事。

    B：有途人為了少走幾步路，居然鋌而走險，
      不使用行人天橋，直接橫過高速公路，真
      是危險極了。

田鼠和家鼠

　　田鼠和家鼠是一對好朋友。田鼠生活在無邊無際的田野裏，而家鼠生活在繁華鬧市。

　　有一次，田鼠邀請家鼠到家中做客。田鼠拿出牠最好的食物——花生和番薯來招待這位客人。家鼠看到這些食物，皺起眉頭，說：「你過的是甚麼日子啊？太可憐了，你來我家見識見識吧！」

　　原來，在家鼠居住的人類住宅裏，擺滿了乳酪、雞腿、水果等食物。田鼠看到後，饞得流口水了。牠們正要大吃一頓的時候，傳來了一陣陣腳步聲，嚇得牠們連忙躲進洞穴裏。只聽見有人說：「最近家裏有老鼠，我們盡快養一隻貓吧！噢，再放兩個捕鼠暗器就更好了。」

　　聽了這段說話，田鼠身子發抖，對家鼠說：「我還是回去啃花生吧，我不想過這種鋌而走險，擔驚受怕的生活啊！」

瑞士錶東山再起

瑞士的鐘錶世界聞名，但是在 20 世紀 60 年代，日本研製的石英錶問世，迅速地風靡全球。一時間，人們紛紛認為日本將會奪去瑞士手中「鐘錶王國」的稱號。

然而，瑞士的鐘錶業歷史悠久，人才眾多，怎會甘心被日本超越呢？經過數年的努力，瑞士錶商成功把手錶的厚度減低，還巧妙地把阿爾卑斯山花崗岩的獨有色彩和紋理融合到手錶的機械裏，製造了新型的「岩石手錶」。這款手錶既有古典美，又有時代感，推出不久就掀起了世界性的搶購熱潮。瑞士鐘錶業藉此東山再起。

A. 形容「快」的成語有不少。請把下列形容「快」的成語與對應的情況連起來。

1. 狼吞虎嚥　　　　看書快

2. 日新月異　　　　走路快

3. 雷厲風行　　　　吃飯快

4. 歲月如流　　　　做事快

5. 大步流星　　　　變化快

6. 一目十行　　　　時間快

B. 成語金字塔：請以「天」字為起點，以
   成語為線索，走到出口。

重

逢　天　別

凶　長　地　久

化　吉　星　高　照　出口⇒

C. 有些成語使用了方位詞（前、後、左、右、高、低、
   上、下）。觀察下列漢字的擺放位置，猜成語。

眼

瞻　　　顧

手

行

鄰　　　舍

效

70

一語道破

1. 不恥下問：向不如自己的人請教，不認為這是丟臉的事。多用來讚揚一個人謙虛、好學。

   A 句「不恥下問」使用正確。

2. 吹毛求疵：吹開皮上的毛，尋找裏面的毛病，比喻故意挑剔別人的缺點。疵：小毛病。

   B 句「吹毛求疵」使用正確。

   【舉一反三】
   形容要求嚴格的成語（褒義）：
   精益求精　一絲不苟　千錘百煉

3. 鼎力相助：大力幫助。對得到別人的幫助，表示感謝。

   A 句「鼎力相助」使用正確。

4. 東窗事發：據說宋朝秦檜在家中東窗下與妻子密謀殺害岳飛，後來這詞比喻陰謀敗露。

   A 句「東窗事發」使用正確。

5. 東山再起：比喻失利或失敗後，重新振作，重新奪得優勢。

   A 句「東山再起」使用正確。

6. 虎視眈眈：像老虎要捕食那樣注視着，形容貪婪地注視着，隨時動手。眈眈：注視的樣子。

   B 句「虎視眈眈」使用正確。

7. 滿城風雨：比喻消息傳播很廣，議論紛紛，含貶義。

   A 句「滿城風雨」使用正確。

8. 匹夫之勇：指做事欠缺謀略，單憑個人勇氣，行事衝動。匹夫：指沒有智謀的人，含貶義。

   A 句「匹夫之勇」使用正確。

9. 罄竹難書：指把竹子用完了都寫不完（古人寫字用竹簡），形容罪行多，難以羅列。

   B 句「罄竹難書」使用正確。

10. 鋌而走險：在無路可走的情況下，採取冒險的行動，常指不好的行動。鋌：形容急速跑的樣子。

    B 句「鋌而走險」使用正確。

「通關遊樂場」答案

A.

狼吞虎嚥	看書快
日新月異	走路快
雷厲風行	吃飯快
歲月如流	做事快
大步流星	變化快
一目十行	時間快

B. 天長地久　久別重逢　逢凶化吉　吉星高照

C. 瞻前顧後　眼高手低　　左鄰右舍　上行下效

過關斬將

以下每組有兩個句子，哪個句子的成語運用得當？

1. 卓爾不群

   A：姐姐性格孤僻，卓爾不群，一直找不到合適的結婚對象。

   B：雖然小楠只有十歲，但他在鋼琴演奏會上，表現出卓爾不群的氣質。

2. 汗牛充棟

   A：爺爺家的書汗牛充棟，每次爺爺都會借我幾本，讓我回家慢慢看。

   B：當今社會，大學生汗牛充棟，沒有甚麼優越感。

3. 不瘟不火

   A：目前香港的經濟狀況很差，奢侈品的銷售一直不瘟不火。

   B：評判老師讚揚我們的舞台劇演得不瘟不火，角色把握得恰到好處。

4. 應運而生

   A：這個生態公園不允許機動車進入，自行車
      出租店應運而生。

   B：此處山明水秀，自從開放成為旅遊景點後，
      不良風氣也應運而生。

5. 大快人心

   A：這案件終於得到公正的審判，真是大快人
      心。

   B：公司業績很理想，老闆宣佈加薪，真是大
      快人心。

6. 不脛而走

   A：總經理將被更換的消息不脛而走，員工們
      私下議論紛紛。

   B：這個遊戲節目播出後，主持人的名聲不脛
      而走，越來越多人認識他。

7. 單槍匹馬

   A：創業的初期，只有叔叔單槍匹馬地努力工
      作，十分艱難。

   B：我和他單槍匹馬參加武術比賽，雖然沒有
      得獎，但增長了大賽經驗。

8. 耳熟能詳

A：好的文章只要看得多了便會耳熟能詳。

B：體育老師每次上課前會把注意事項說一遍，
我們都耳熟能詳了。

9. 狼狽為奸

A：這幫人狼狽為奸，騙取市民錢財，終於受
到了法律的制裁。

B：你們兩人狼狽為奸，經常戲弄別人，早晚
會闖禍的。

10. 萍水相逢

A：我和雲潔只是萍水相逢，我對她了解不
多。

B：他們兩人是小學同學，分別將近十年，想
不到在這裏萍水相逢。

「四知」太守

　　從前，楊震得到皇帝重用，被派到一個城市出任太守（「太守」是古代地方行政長官的名稱）。他到達後，很多官員前來迎接他。其中一個官員名叫王密，他曾經得到過楊震的幫助，想趁此機會報答楊震。

　　當天晚上，王密來到楊震的住處，送上十斤黃金。楊震不肯接受，笑着對王密說：「我們是朋友，我很了解你，而你卻不了解我啊！」

　　王密以為楊震誤會了，急忙解釋這些黃金只是報答他曾經幫助過自己，沒有別的意思。還說：「現在夜深人靜，沒有人會知道這件事。」

　　楊震很不高興，肯定地說：「天知，地知，我知，你知，怎能說沒有人知道呢？」王密聽到這番話，知道自己做錯了，向楊震再三道歉。

　　後來，「四知」太守的故事不脛而走，人人都知道楊震是一個不貪財，助人不求回報的好官。

成為那顆珍珠

有一個人，自認為很有才能，但大學畢業後一直找不到理想的工作。一天，他在沙灘上散步，望着茫茫大海，感到自己的人生道路不知該怎樣走下去。

一位老人經過，問他為甚麼這樣沮喪。他說自己運氣不好，沒有人肯重用他。老人在腳邊撿起一粒沙子，讓年輕人看了看，然後隨便扔在地上，對年輕人說：「請你把我剛才給你看的那粒沙子撿起來。」

「這不可能吧！這粒沙太普通了，我找不出來。」年輕人說。

接着，老人從自己的口袋裏掏出一顆閃閃發亮的珍珠，像剛才一樣，隨便扔在地上，說：「請你把珍珠撿起來。」珍珠太耀眼了，年輕人一手就撿了起來。

這時候，年輕人明白了：要別人看到你，首先要讓自己成為一顆耀眼的珍珠；希望得到別人重用，自己首先要卓爾不群，出類拔萃。

77

通關遊樂場

1.

2.

3.

巧奪天〔　〕　+　〔　〕事如神 ⇨ 〔　〕〔　〕〔　〕〔　〕

〔　〕不暇接 + 〔　〕面獸心 ⇨ 〔　〕〔　〕〔　〕〔　〕

不識廬山真頭目，只緣身在此山中。

成語：〔　　　　　　　　〕

問渠那得清如許，為有源頭死水來。

成語：〔　　　　　　　　〕

一語道破

1. 卓爾不群：形容超出常人。卓爾：突出的樣子。不群：與眾不同。

    B句「卓爾不群」使用正確。

2. 汗牛充棟：書運送時牛累得出汗，存放時堆到屋頂，形容藏書很多。

    A句「汗牛充棟」使用正確。

    【舉一反三】
    形容人才多：
    人才濟濟　人才輩出　彬彬濟濟

3. 不瘟不火：原來指戲曲既不沉悶也不急促，用來比喻表現恰到好處。火：比喻緊急。

    B句「不瘟不火」使用正確。

4. 應運而生：指配合當前環境需要而產生。應：順應。

    A句「應運而生」使用正確。

5. 大快人心：壞人或壞事受到懲罰，使人感到非常痛快。

    A句「大快人心」使用正確。

6. 不脛而走：沒有長腿，卻能跑，比喻消息無需宣傳，就已迅速傳播開去。例句B由於「節目熱播」，名聲得到傳播，所以不能用「不脛而走」。

    A句「不脛而走」使用正確。

7. 單槍匹馬 ：原指打仗時一個人上陣，現在指一個人單獨行動。

A 句「單槍匹馬」使用正確。

8. 耳熟能詳 ：指聽的次數多了，能詳盡地說出來。

B 句「耳熟能詳」使用正確。

9. 狼狽為奸 ：狼和狽一起偷牲畜，比喻互相勾結做壞事。狼狽：兩種獸。

B 句「狼狽為奸」使用正確。

10. 萍水相逢 ：浮萍隨水漂泊，聚散不定，比喻素不相識的人偶然相遇。萍：浮萍。

A 句「萍水相逢」使用正確。

「通關遊樂場」答案

A. 1. 花好月圓　　2. 山重水複　　3. 飛沙走石

B. 工、料　偷工減料　　　目、人　目中無人

C. 改頭換面　　死去活來

成語對對碰

　　有些成語，看起來很相似，甚至只有一字之差；有些成語意思相近，就像一般的詞語，有近義詞一樣。這些成語之間，可能存在詞義或者用法上的區別，使用時要注意辨別，否則會出現詞不達意或者誤用成語的情況。

　　在接下來的 11-15 關，小宇的任務是區別這類成語。請擦亮你的眼睛，與小宇一起「成語對對碰」！

過關斬將

以下哪個成語填入句中更恰當？

1. 學習彈奏鋼琴是一個漫長的過程，小朋友們應該

   ＿＿＿＿＿＿＿＿＿＿，持之以恆。

   循序漸進　　按部就班

2. 學校辯論代表隊＿＿＿＿＿＿＿＿，在
   決賽中勝出，載譽而歸。

   不孚眾望　　不負眾望

3. 對於一個普通人來說，跳芭蕾舞尚且不是一件容
   易的事情，何況對於一個有聽力障礙的人，困難
   是＿＿＿＿＿＿＿＿的。

   不言而喻　　不可名狀

4. 何教授是國畫大師，在他筆下，一幅畫三下兩下
    便 ⬚⬚⬚⬚⬚ 了。

    一蹴而就　　一揮而就

5. 玲玲出版的小畫報 ⬚⬚⬚⬚⬚ ，
    插畫和內容都很有創意，很有心思。

    別具匠心　　別有用心

6. 斌斌小學成績平平，沒想到升讀中學後進步神
    速，叫人 ⬚⬚⬚⬚ 。

    另眼相看　　刮目相看

循序漸進

從前有個人拜師學習射箭。老師打發他回家,要他先練習好眼睛的基本功。他回家看妻子織布,練習瞪眼細看不眨眼的工夫。

瞪眼工夫練成後,徒弟再次拜見師傅。師傅又一次打發他回家,讓他練習把小東西看成大東西。經過一番苦練,徒弟終於可以把頭髮上的小蝨子看成車輪一般大。這時,師傅終於開始教他射箭。

最終,徒弟學有所成,成為百發百中的神射手。

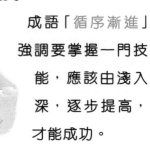

成語「循序漸進」強調要掌握一門技能,應該由淺入深,逐步提高,才能成功。

樂羊子求學

從前，有一個叫樂羊子的人，受到妻子鼓勵，決定到外地求學。

有一天，妻子正在織布，聽到有人敲門。她開門一看，站在面前的人，竟然是自己日夜思念的丈夫。

她驚訝地問樂羊子：「才一年時間，你就學成歸來了？」

樂羊子低頭回答：「沒有啊，我太想家了！」

妻子對丈夫的表現很失望，她拿起剪刀，走到織布機前，把布剪斷了。樂羊子很吃驚，不明白妻子為甚麼要這樣做。

妻子傷心地說：「我日夜不停地織，才能完成一匹布。現在我把它剪斷了，它就永遠不能成為一匹完整的布。學習也是一樣，要一點點地積累起來才能成功。你現在半途而廢，跟我把布剪斷一樣，很可惜啊！」

聽了妻子的話，樂羊子恍然大悟。他後來再次離家求學，七年後終於學成歸來。

這故事告訴我們：學習不可以一蹴而就，必須持之以恆。

通關遊樂場

龍 鳳 一 二 畫 杞 獨 投 飛 機
天 餅 取 充 巧 憂 無 舞 人 飢

成語一：

成語二：

成語三：

成語四：

成語五：

B. 成語迷宮：

入口 →

大	撲	火	冒	三
快	蛾	飛	高	尺
人	水	遠	走	短
心	長	山	歸	寸
花	怒	放	虎	長

出口 ↓

C. 細看下列五組文字，每組猜一個成語：

1. 躥　跳　＿＿＿＿

2. 油　火　＿＿＿＿

3. 顧　盼　＿＿＿＿

4. 吃　爬　＿＿＿＿

5. 思　想　＿＿＿＿

一語道破

1. **循序漸進**：順着次序，逐步提高。強調「漸進」即逐漸進步。

   按部就班：做事按照程序和條理。強調遵循步驟和條理。

   句1選「循序漸進」。

   > 【舉一反三】
   > 相差一字，詞義不同的成語：
   > 不以為然　不以為意
   > 一哄而起　一哄而散
   > 海底撈月　海底撈針

2. **不孚眾望**：不能使大家信服。不孚：不能使人信服。

   不負眾望：不辜負大家的期望。負：違背，辜負。

   句2選「不負眾望」。

3. **不言而喻**：不用說就能明白，形容事理十分明顯。喻：明白。

   不可名狀：無法用言語形容描繪，說不出來。名狀：描述，說出。

   句3選「不言而喻」。

4. **一蹴而就**：踏一步就成功，比喻事情容易辦成。蹴：踏。

   一揮而就：形容才思敏捷，一揮筆就完成，多形容文章、書畫。揮：揮（筆）。

   句4選「一揮而就」。

90

5. 　別具匠心：構思巧妙，與眾不同（多指文學藝術方面）。匠心：巧妙的心思。

　別有用心：心中另有算計、企圖。用心：居心。

句 5 選「別具匠心」。

6. 　另眼相看：指看待某個人不同一般，也指不被重視的人得到重視。

　刮目相看：指別人已取得進步，不能再用老眼光去看他，含褒義。

句 6 選「刮目相看」。

「通關遊樂場」答案

A. 1. 龍飛鳳舞　　2. 獨一無二　　3. 畫餅充飢

4. 杞人憂天　　5 投機取巧

B. 大快人心 → 心花怒放 → 放虎歸山 → 山長水遠 →

遠走高飛 → 飛蛾撲火 → 火冒三尺 → 尺短寸長

C. 1. 上躥下跳　　2. 火上澆油　　3 左顧右盼

4. 吃裏爬外　　5. 左思右想

第12關

過關斬將

以下哪個成語填入句中更恰當？

1. 知道有人向廉署舉報，這貪官表面上裝作

   ＿＿＿＿＿＿＿＿，其實已另作打算。

   泰然自若　　若無其事

2. 這兩家人做了幾十年鄰居，對彼此的家庭狀況

   ＿＿＿＿＿＿＿。

   了如指掌　　洞若觀火

3. 這部電影的特技效果很出色，給人

   ＿＿＿＿＿＿的感受。

   驚心動魄　　驚天動地

4. 我熬了兩晚通宵做的計劃書，被老闆批得

                              ，只能重頭再做。

                    體無完膚   淋漓盡致

5. 阿勇對自己要求很嚴格，做事和學習都很認真，

          努力成為一位   的模範

          生。

                    名不虛傳   名副其實

6. 盈盈的父母都是音樂家，她自小

                              ，對音樂產生了濃厚的

          興趣。

                    耳濡目染   耳聞目睹

刮骨療傷

關羽是三國時代的名將。有一次，他被毒箭射傷了右臂。臂上的傷口很深，箭毒進入了骨頭，很多醫生都束手無策。

有一天，一個名叫華佗的醫生主動前來為關羽治理箭傷。華佗對他說：「我打算切開你的手臂，把毒刮出來。如果你害怕，可以把你的右手捆在木柱上，再遮住你的眼睛。」

關羽聽後，笑着說：「不用捆，不用遮！」他喝了幾杯酒，就跟一名士兵下棋，同時把右臂遞給華佗，對他說：「開始吧！」

華佗用刀把手臂切開，直到骨頭露出來了，便一刀一刀地把骨上的毒刮走。在場的士兵被嚇住了，他們都閉着眼，不敢看下去。可是，關羽竟然一邊喝酒，一邊下棋，若無其事。

手術完成後，華佗對關羽說：「我從來沒見過像你這樣了不起的人，將軍真是神人啊！」

少年包拯學斷案

包拯即「包青天」，自幼聰明，勤學好問。他的父親與知縣大人是好朋友，包拯經常到衙門看知縣大人斷案，耳濡目染下，對斷案很有興趣。

有一次，一個賣米的人和一個賣鹽的人吵了起來。賣米的人說對方搶了他的背籮，賣鹽的人卻說背籮是他的。兩人都不肯讓步，最後鬧到衙門去。

知縣大人聽了兩人的說話，再看看那個甚麼東西都沒有的背籮，想了一想，就命令差人把背籮反轉放在地上，用力拍打，然後移開背籮一看，地上有幾粒大米掉了下來。顯然，這個背籮的主人是賣米的人，賣鹽的人不得不跪地招供。

包拯目睹了此事，十分佩服知縣大人的斷案能力，於是拜他為師，學習斷案知識。

知縣：一個縣的最高行政長官。
衙門：知縣辦公的地方。

通關遊樂場

A. 用數字填充下列成語，並且成立一條數學算式。例如：

四捨五入 ― 三心二意 = 一波三折

（45）―（32）=（13）

1. ⎡ ⎤ 無所有 × 顛 ⎡ ⎤ 倒 ⎡ ⎤ = 朝 ⎡ ⎤ 暮 ⎡ ⎤

2. 不可 ⎡ ⎤ 世 + 勢不 ⎡ ⎤ 立 = 退避 ⎡ ⎤ 舍

3. ⎡ ⎤ 通 ⎡ ⎤ 達 ÷ ⎡ ⎤ 面楚歌 = ⎡ ⎤ 清 ⎡ ⎤ 白

1. 望梅止渴　　　　　李白

2. 四面楚歌　　　　　荊軻

3. 圖窮匕見　　　　　曹操

4. 負荊請罪　　　　　勾踐

5. 磨杵成針　　　　　廉頗

6. 臥薪嘗膽　　　　　項羽

一語道破

1. **泰然自若：**面對事情從容鎮定，神情輕鬆。**自若：**自如。

   若無其事：好像沒有那回事似的，不把事情放在心上或裝出沒事一樣。**若：**好像。

   句 1 選「若無其事」。

   【舉一反三】
   形容沉着冷靜的成語：
   從容不迫　處之泰然　鎮定自若

2. **了如指掌：**好像把東西放在手掌裏給人家看一樣，形容對事物了解得非常清楚。

   洞若觀火：形容看得清楚明白，好像看火一樣。**洞：**清楚，透徹。

   句 2 選「了如指掌」。

3. **驚心動魄：**使人驚慌緊張到極點。驚動了「心」和「魄」，重點在心理、精神方面。

   驚天動地：形容事件的聲勢或影響極大。驚動了「天」和「地」，強調巨大的影響力。

   句 3 選「驚心動魄」。

4. **體無完膚：**身上沒有一處皮膚是好的，比喻被批評，或被責罵得很厲害。

   淋漓盡致：形容文章、說話表達得充分、詳盡，或痛快到了極點。**淋漓：**濕淋淋，往下滴水，比喻盡

情。**盡致**：到達了極點。

句 4 選「**體無完膚**」。

5. **名不虛傳**：傳播開去的名聲並沒有失實。

   名副其實：是指名稱和實際相符。

   句 5，阿勇的行為與「模範生」的名稱相符，所以用「名副其實」
   更合適。

6. **耳濡目染**：形容聽得多了，見得多了，自然而然受
   到影響。

   耳聞目睹：親耳聽，親眼見。

   句 6 選「**耳濡目染**」。

「通關遊樂場」答案

A. 1. 一無所有 × 顛三倒四 = 朝三暮四 (1 × 34 = 34)

   2. 不可一世 ＋ 勢不兩立 = 退避三舍 (1 ＋ 2 = 3)

   3. 四通八達 ÷ 四面楚歌 = 一清二白 (48 ÷ 4 = 12)

B.
   1. 望梅止渴 　　　李白

   2. 四面楚歌 　　　荊軻

   3. 圖窮匕見 　　　曹操

   4. 負荊請罪 　　　勾踐

   5. 磨杵成針 　　　廉頗

   6. 臥薪嘗膽 　　　項羽

第13關

過關斬將

以下哪個成語填入句中更恰當？

1. 柏金遜患者的頭部和手，會

   ＿＿＿＿＿＿＿＿＿地抖動。

   情不自禁　　不由自主

2. 這件事太奇怪了，我們必須查個

   ＿＿＿＿＿＿＿＿。

   山窮水盡　　水落石出

3. 攝影展裏的每一幅作品，都帶給觀眾

   ＿＿＿＿＿＿＿＿的感受。

   身臨其境　　設身處地

4. 斌仔很喜歡音樂，為了實現夢想，面對再多的困難，也 　　　　　　　　　　。

在所不惜　　在所不辭

5. 這條數學題太難了，盡管老師 　　　　　　　　　　地解釋，我還是弄不明白。

不厭其煩　　不勝其煩

6. 這件外衣的風格太創新了，我穿上後會顯得 　　　　　　　　。

不三不四　　不倫不類

農夫疑鄰

　　有個農夫，他的斧頭丟失了，田裏、院子裏、家裏都找遍了，還是沒有找到。他懷疑住在鄰近的男孩偷去了斧頭，但是沒有證據。於是，他每天盯着那個男孩，覺得他的眼神、動作、說話的表情，都像是偷了東西。而且，越看越像！

　　後來，農夫在家中的地庫裏找到了斧頭。原來他習慣把過多用的醃菜藏在地庫裏。那次，他去地庫的時候，忘記把斧頭帶出來。事件水落石出後，他再看那個男孩，覺得他的一舉一動都很正派，肯定不是壞人。

　　這故事告訴我們：沒有根據的猜測，容易讓人產生錯覺，自以為是。

故事留聲機

漂亮的鳥籠

　　李四對張三說：「你不喜歡小鳥，但我有辦法讓你養鳥。」張三哈哈大笑，說：「不可能！我不喜歡鳥，怎會養鳥呢？」

　　第二天，李四送來一個非常漂亮的鳥籠，張三很喜歡工藝品，對這個鳥籠愛不釋手，決定把它掛在客廳裏。

　　後來，每次有客人來訪，客人都會問張三：「你養的小鳥飛走了嗎？」或是「小鳥死了，真可惜啊！」

　　張三反復地回答，他沒有養鳥，只是覺得鳥籠好看，就掛在客廳裏。可是，訪者總是刨根問底：「你沒有養鳥，怎會有這麼漂亮的鳥籠呢？」「既然不養鳥，何必掛一個空的鳥籠呢？」

　　終於，張三不勝其煩，又不捨放棄鳥籠，只好買了一隻小鳥養在籠裏。

通關遊樂場

A. 成語迷宮：

自	浪	子	回	頭
作	駭	花	眼	暈
自	濤	容	離	經
受	驚	月	神	叛
寵	若	貌	合	道

入口

出口

B. 根據左邊的數字提示，猜出右邊的成語：

12345　　　　　　　　屈 ⬚ ⬚ 數

0 + 0 = 1　　　　　　　無 ⬚ ⬚ 有

100 ➡ 1　　　　　　　百 ⬚ ⬚ 一

124356789　　　　　⬚ 三 ⬚ 四

[　] 面埋伏 = [　] 彩繽紛 × 心無 [　] 用 =

[　] 神無主 + [　] 面楚歌

[　] 親不認 = 別無 [　] 致 × 韋編 [　] 絕 =

[　] 足鼎立 + 退避 [　] 舍

一語道破

1. **情不自禁**：感情激動，控制不住自己。禁：抑制。

   不由自主：不由得自己做主，不受自主控制。

   句 1 選「不由自主」。

2. **山窮水盡**：山和水都到了盡頭，比喻陷入走投無路的絕境。

   水落石出：水位下降，露出石頭，比喻暴露出真相。

   句 2 選「水落石出」。

   > 【舉一反三】
   > 形容處境困難的成語：
   > 走投無路　顛沛流離　水深火熱

3. **身臨其境**：親自置身那個環境當中。強調感受很真切。

   設身處地：設想自己處在別人的環境當中，替別人考慮。

   句 3 選「身臨其境」。

4. **在所不惜**：堅決不吝惜。不惜：強調甘願付出代價。

   在所不辭：決不推辭。不辭：強調勇於冒險，不怕困難。

   句 4 選「在所不辭」。

5. 　**不厭其煩**：不嫌繁瑣，形容有耐性。**不厭**：不嫌。

　不勝其煩：繁瑣得使人受不了。**不勝**：禁不起，受不了。

　句 5 選「不厭其煩」。

6. 　**不三不四**：不正派，不正經，形容人品行不良。

　不倫不類：既非這一類，又非那一類。形容人的衣裝或形象不得體。

　句 6 選「不倫不類」。

「通關遊樂場」答案

A. 自作自受→受寵若驚→驚濤駭浪→浪子回頭→頭暈眼花→花容月貌→貌合神離→離經叛道

B. 屈指可數　無中生有　百裏挑一　顛三倒四

C. 十面埋伏 = 五彩繽紛 × 心無二用 = 六神無主 ＋ 四面楚歌

六親不認 = 別無二致 × 韋編三絕 = 三足鼎立 ＋ 退避三舍

過關斬將

以下哪個成語填入句中更恰當？

1.　年輕人追求夢想是 ⎯⎯⎯⎯⎯⎯⎯⎯
的，但一定要量力而行。

無可厚非　　無可非議

2.　藏羚羊越來越少，快要在地球上消失了，這是
⎯⎯⎯⎯⎯⎯⎯⎯的事實。

毋庸置喙　　毋庸置疑

3.　「學習」可獲得知識，「復習」可鞏固知識，兩者
⎯⎯⎯⎯⎯⎯⎯⎯，缺一不可。

相輔相成　　相得益彰

4. 在沙漠之中，缺糧缺水，我們大家必須 ⬚⬚⬚⬚⬚⬚⬚⬚ ，才能度過難關。

   患難與共　　休戚與共

5. 西藏高原的雪山中竟然有熱帶風光，長着香蕉和鳳梨，讓人 ⬚⬚⬚⬚⬚⬚ 。

   嘖嘖稱道　　嘖嘖稱奇

6. 小明平日一直在玩，要考試了才天天開夜車，結果帶病考試，真是 ⬚⬚⬚⬚⬚⬚ 。

   自作自受　　自食其果

鯰魚效應

很久以前，挪威人從海裏捕獲的沙丁魚，還沒到岸就紛紛死去。漁夫們想了不少辦法，使沙丁魚在上岸前活下來，可惜都失敗了。不過，有一條漁船例外，船上的漁夫總能帶着活魚上岸。因此，這條船的沙丁魚售價比其他漁船的高幾倍。

很多人都想知道這條船藏有甚麼秘密。

後來，這個秘密終於公開了。原來，他們在船上養魚的地方放進了鯰魚。鯰魚是沙丁魚的天敵，當沙丁魚和鯰魚聚在一起時，鯰魚出於天性會不斷追逐沙丁魚。在鯰魚的追逐下，沙丁魚拼命游動，激發了體內的活力，從而活了下來。

「鯰魚效應」告訴我們一個毋庸置疑的道理：有競爭才有進步。

熟能生巧

從前，有一個箭手，能夠百步穿楊，經常在眾人面前表演射箭。

有一次，箭手又在眾人面前表演射箭。一個賣油的老人剛好經過，看了箭手的表演，搖了搖頭就走了。

箭手看到老人搖頭離開，認為老人看不起他，就放下弓箭追問他：「你認為我的技術不夠好嗎？」

老人回答說：「你的表演真的很平常，只不過練習多了，就熟手了。」老人一邊說，一邊把一個葫蘆放在地上，再取出一枚中間有小孔的銅錢放在葫蘆嘴上，然後用一隻湯匙取油，再將油穿過小孔倒進葫蘆裏。當葫蘆裏的油滿了，老人把銅錢拿起來給眾人看，人們發現銅錢上竟然沒有半點油漬。人們嘖嘖稱道，老人笑着說：「沒甚麼了不起的，只是熟能生巧罷了。」

箭手看過老人的表演，明白自己太驕傲了，便向老人行禮道歉。

通關遊樂場

A. 看圖猜成語：

1.

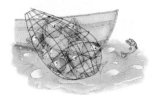

2.

3

4.

1. 車如流水馬如龍

2. 一日不見，如隔三秋

3. 一葉落知天下秋

4. 春宵一刻值千金

一語道破

1. 無可厚非：雖然有錯誤或缺點，但也有可取之處，
   不能過分責備。

   無可非議：沒有甚麼可以指責的。表示事情是妥當
   的。非議：責備，批評。

   句 1 選「無可非議」。

2. 毋庸置喙：無須插嘴，不需要任何多餘的話。喙：
   嘴。

   毋庸置疑：事實理據充分，不需懷疑。

   句 2 選「毋庸置疑」。

   【舉一反三】
   表示猜疑、不信任的成語：
   半信半疑　形跡可疑　疑神疑鬼

3. 相輔相成：互相輔助，互相促成，缺一不可。

   相得益彰：雙方互相配合補充，更能發揮雙方優
   勢。益：更加。彰：明顯。

   句 3 選「相輔相成」。

4. 患難與共：指共同經歷危險和困難。

   休戚與共：共同承受彼此之間的幸福和危難，同甘
   共苦。休：歡樂。戚：憂愁。

   句 4 選「患難與共」。

5. 　嘖嘖稱道：指讚歎不已。「嘖嘖」擬聲詞，模仿人感歎時發出的嘖嘖聲。稱道：讚揚。

　　嘖嘖稱奇：發出「嘖嘖」聲，稱奇妙。

　　句 5 選「嘖嘖稱奇」。

6. 　自作自受：自己做了蠢事壞事，自己倒楣。

　　自食其果：自己吃下自己種出來的苦果，比喻自己造成的後果自己承擔，罪有應得。

　　「自作自受」與「自食其果」兩詞比較，後者事態更嚴重，語意較重。

　　句 6 選「自作自受」。

「通關遊樂場」答案

A.　1. 漏網之魚　　2. 狡兔三窟　　3. 羊落虎口　　4. 鴻雁傳書

B.　1. 車水馬龍　　2. 一日三秋　　3. 一葉知秋　　4. 一刻千金

過關斬將

以下哪個成語填入句中更恰當？

1. 圖書館裏的書都是按分類擺放的，否則要把一本書找出來，如同 _____。

    大海撈針　　海中撈月

2. 妹妹的傷口離眼睛只有幾毫米，如果鉛筆戳到的是眼睛，後果 _____ 啊！

    不可思議　　不堪設想

3. 生意失敗後，叔叔做每件事都不順利，真是 _____。

    步履維艱　　寸步難行

4. 哥哥做了錯事不承認，還

　　＿＿＿＿＿＿＿＿＿地為自己找藉口，逃避

責任。

侃侃而談　　振振有詞

5. 雖然我已經很小心地照顧這些花草，但它們仍然

長得＿＿＿＿＿＿＿＿。

參差不齊　　良莠不齊

6. 鈴聲響起，班長一聲「安靜」，原本鬧哄哄的課

室，頓時＿＿＿＿＿＿＿＿。

萬籟俱寂　　鴉雀無聲

名人效應

　　有一個出版商，他有一本書賣不出去，眼看要蝕本了，就想出一個辦法：送給總統看，請他給意見。可是，總統很忙，把書翻了一翻，隨便回覆了一句話：「還可以。」出版商收到這個回覆，馬上用「總統喜愛的書」來做廣告，結果這本書很快就賣光了。

　　不久，出版商又有一本書賣不出去，他再一次把書送給總統，請他給意見。總統不上當了，便回覆說：「糟透了。」出版商腦子一轉，用「總統討厭的書」來做廣告，結果這批書很快就被好奇的讀者買光了。

　　第三次，出版商又將一本賣不去的書送給總統，總統吸取了前兩次教訓，不再回覆他。出版商等了很久都收不到總統的回覆，只好用「總統難以評論的書」來做廣告。意想不到的是，書又一次大賣了。

　　這就是不可思議的「名人效應」。

故事留聲機

老鼠大會

一群老鼠召開會議，會議題目是怎樣應付牠們的敵人——貓。

會議氣氛很好，大家七嘴八舌地討論。不過，這群老鼠也有自知之明，知道不可能跟貓正面對抗，只是想辦法去防備牠。

其中有一隻老鼠提議：「只要在貓的脖子繫上一個鈴鐺，每次牠一出現，鈴聲響起，我們就馬上逃跑！這樣，我們還須害怕牠嗎？」

這個提議一說，會場立即響起一大片掌聲和歡呼聲。大家都覺得這個辦法太美妙了！

那隻老鼠繼續說：「那麼，誰去把鈴鐺繫在貓的脖子上呀？」

會場立刻鴉雀無聲。

通關遊樂場

A. 跟詩人學成語（在詩句中填入恰當的成語）：

＿＿＿＿＿＿＿＿＿＿會有時，直掛雲帆濟滄海。

（李白《行路難》）

＿＿＿＿＿＿＿＿＿＿馬蹄疾，一日看盡長安花。

（孟郊《登科後》）

等閒識得東風面，＿＿＿＿＿＿＿＿＿＿總是春。

（朱熹《春日》）

例： 念 ⇨ 含　　　　　有口無心

　　　杭 ⇨ 航

　　　忍 ⇨ 想

　　　題 ⇨ 頁

1.

2.

3.

4.

一語道破

1. **大海撈針**：在大海裏撈起一根針，比喻事情很難做到。不過，目標雖很難達到，但仍有成功的可能。
   海中撈月：比喻事情沒可能做到，只能白費力氣。目標根本不存在，沒有做到的可能。
   句 1 選「大海撈針」。

2. **不可思議**：難以想像，強調事件的奇妙或者深奧。
   不堪設想：結果不能想像，強調事件的嚴重後果。
   句 2 選「不堪設想」。

3. **步履維艱**：行走艱難，行動不便。步履：行走。
   寸步難行：連一步也邁不出，比喻處境艱難。
   句 3 選「寸步難行」。

   【舉一反三】
   形容走路姿態的成語：
   步履蹣跚　昂首闊步　大搖大擺

4. **侃侃而談**：形容說話理直氣壯，從容不迫。侃侃：說話有條理，鎮定的樣子。
   振振有詞：自以為理由充分，說個沒完。
   句 4 選「振振有詞」。

   【舉一反三】
   形容人很會說話的成語：
   能言善辯　唇槍舌劍　妙語連珠

123

5. 　**參差不齊**：不一致，不整齊。**參差**：不整齊的樣子。

　　良莠不齊：好人壞人混雜在一起。**莠**：狗尾草，混在稻田中，像稻草。

　　句5選「參差不齊」。

6. 　**萬籟俱寂**：環境安靜，沒有一點聲響。**萬籟**：自然界中萬物的聲響。強調自然環境安靜。

　　鴉雀無聲：連烏鴉麻雀也不發聲，比喻沒有人發出聲音，非常安靜。多指有人的環境。

　　句6選「鴉雀無聲」。

「通關遊樂場」答案

A.　乘風破浪　　春風得意　　萬紫千紅

B.　木已成舟　　拔刀相助　　一無是處

C.　1. 三言兩語　　2. 四大皆空　　3. 四腳朝天　　4. 能屈能伸

附錄：成語常見錯別字對照表

誤	正	誤	正
按步就班	按部就班	不修邊輻	不修邊幅
按圖索冀	按圖索驥	蒼海一粟	滄海一粟
暗然神傷	黯然神傷	測隱之心	惻隱之心
暗渡陳倉	暗度陳倉	草管人命	草菅人命
敖敖待哺	嗷嗷待哺	層巒迭嶂	層巒疊嶂
白璧無暇	白璧無瑕	纏綿悱側	纏綿悱惻
百無聊懶	百無聊賴	超群絕綸	超群絕倫
百尺杆頭	百尺竿頭	叱詫風雲	叱咤風雲
百廢具興	百廢俱興	酬躇滿志	躊躇滿志
百舸爭流	百舸爭流	出類拔粹	出類拔萃
百戰不息	百戰不殆	觸膝談心	促膝談心
抱新救火	抱薪救火	鳩佔雀巢	鳩佔鵲巢
斑門弄斧	班門弄斧	穿流不息	川流不息
飽經蒼桑	飽經滄桑	吹毛求庇	吹毛求疵
卑恭屈膝	卑躬屈膝	大相徑廷	大相徑庭
蔽帚自珍	敝帚自珍	大義稟然	大義凜然
變本加利	變本加厲	大有稗益	大有裨益
別出心才	別出心裁	大澈大悟	大徹大悟
兵慌馬亂	兵荒馬亂	大氣晚成	大器晚成
稟公滅私	秉公滅私	待價而估	待價而沽
病入膏盲	病入膏肓	刁蟲小技	雕蟲小技
不寒而粟	不寒而慄	頂禮莫拜	頂禮膜拜
不徑而走	不脛而走	東施效頻	東施效顰
不可明狀	不可名狀	耳儒目染	耳濡目染
不可思義	不可思議	耳題面命	耳提面命

誤	正	誤	正
爾愚我詐	爾虞我詐	循規蹈距	循規蹈矩
富麗堂黃	富麗堂皇	汗流夾背	汗流浹背
飛揚拔扈	飛揚跋扈	汗牛衝棟	汗牛充棟
分廷抗禮	分庭抗禮	好高騖遠	好高騖遠
紛至杳來	紛至沓來	虎視耽耽	虎視眈眈
分道揚標	分道揚鑣	黃粱美夢	黃粱美夢
憤發圖強	奮發圖強	火中取粟	火中取栗
蜂涌而來	蜂擁而至	悔人不倦	誨人不倦
風馳電制	風馳電掣	宣賓奪主	喧賓奪主
風糜一時	風靡一時	集液成裘	集腋成裘
風聲鶴淚	風聲鶴唳	嬌揉造作	矯揉造作
鳳毛鱗角	鳳毛麟角	金壁輝煌	金碧輝煌
斧底抽薪	釜底抽薪	金榜提名	金榜題名
付庸風雅	附庸風雅	敬敬業業	兢兢業業
付隅頑抗	負隅頑抗	究由自取	咎由自取
赴湯道火	赴湯蹈火	鞠躬盡粹	鞠躬盡瘁
甘敗下風	甘拜下風	口乾舌躁	口乾舌燥
剛腹自用	剛愎自用	膾炙人口	膾炙人口
高屋建領	高屋建瓴	濫芋充數	濫竽充數
功虧一匱	功虧一簣	禮上往來	禮尚往來
估名釣譽	沽名釣譽	厲精圖治	勵精圖治
孤漏寡聞	孤陋寡聞	琳朗滿目	琳琅滿目
瓜瓜墜地	呱呱墜地	嶙次櫛比	鱗次櫛比
鬼鬼崇崇	鬼鬼祟祟	龍吟虎笑	龍吟虎嘯
鬼計多端	詭計多端	滿腹經倫	滿腹經綸

誤	正	誤	正
毛骨聳然	毛骨悚然	食不裹腹	食不果腹
美倫美奐	美輪美奐	世外桃園	世外桃源
泌人心脾	沁人心脾	事半工倍	事半功倍
棉裏藏針	綿裏藏針	事過景遷	時過境遷
面黃饑瘦	面黃肌瘦	試目以待	拭目以待
名列前矛	名列前茅	手屈一指	首屈一指
目不遐給	目不暇給	瘦骨鄰峋	瘦骨嶙峋
摩肩接腫	摩肩接踵	水乳交溶	水乳交融
弄巧成苗	弄巧成拙	提綱契領	提綱挈領
奴顏俾膝	奴顏婢膝	天網灰灰	天網恢恢
馨竹難書	罄竹難書	挺而走險	鋌而走險
旁然大物	龐然大物	鋌身而出	挺身而出
蓬蓽生輝	蓬蓽生輝	同仇敵氣	同仇敵愾
披星帶月	披星戴月	危如壘卵	危如累卵
前踞後恭	前倨後恭	味同嚼臘	味同嚼蠟
強努之末	強弩之末	聞過飾非	文過飾非
催吉避凶	趨吉避凶	閑情逸志	閑情逸致
融匯貫通	融會貫通	相題並論	相提並論
如法泡製	如法炮製	相形見拙	相形見絀
如火如茶	如火如荼	消聲匿跡	銷聲匿跡
珊珊來遲	姍姍來遲	笑容可菊	笑容可掬
殺雞敬猴	殺雞儆猴	心擴神怡	心曠神怡
生靈涂碳	生靈塗炭	詡詡如生	栩栩如生
生死悠關	生死攸關	掩旗息鼓	偃旗息鼓
勝卷在握	勝券在握	殉私舞弊	徇私舞弊

誤	正	誤	正
一愁莫展	一籌莫展	再接再勵	再接再厲
一股作氣	一鼓作氣	暫露頭角	嶄露頭角
意興闌姍	意興闌珊	針貶時弊	針砭時弊
一張一馳	一張一弛	只尺天涯	咫尺天涯
以逸代勞	以逸待勞	置若妄聞	置若罔聞
憂柔寡斷	優柔寡斷	中流抵柱	中流砥柱
羽扇倫巾	羽扇綸巾	忠貞不逾	忠貞不渝
欲蓋彌章	欲蓋彌彰	拙拙逼人	咄咄逼人
原形不露	原形畢露	卓卓有餘	綽綽有餘
怨天由人	怨天尤人	走頭無路	走投無路

商務印書館(香港)有限公司
THE COMMERCIAL PRESS (H.K.) LTD.

階梯式分級照顧閱讀差異

◆ 平台文章總數超過3,500多篇，提倡廣泛閱讀。

◆ 按照學生的語文能力，分成十三個閱讀級別，提供符合學生程度的閱讀內容。

◆ 平台設有升降制度，學生按閱讀成績及進度，而自動調整級別。

結合閱讀與聆聽

◆ 每篇文章均設有普通話朗讀功能，另設獨立聆聽練習，訓練學生聆聽能力。

◆ 設有多種輔助功能，包括《商務新詞典》字詞釋義，方便學生學習。

鼓勵學習‧突出成就

◆ 設置獎章及成就值獎勵，增加學生成就感，鼓勵學生活躍地使用閱讀平台，培養閱讀習慣，提升學習興趣。

如要試用，可進入：http://cread.cp-edu.com/freetrial/

查詢電話：2976-6628
查詢電郵：marketing@commercialpress.com.hk

「階梯閱讀空間」個人版於商務印書館各大門市有售